Quelques Mots

sur

L'ENREGISTREMENT

et

L'Assistance Judiciaire

PAR

Léon LAVOIX

AVOUÉ A LA COUR D'APPEL DE DOUAI

DOUAI

IMPRIMERIE LIBRAIRIE

L. & G. CRÉPIN FRÈRES, EDITEURS

23, RUE DE LA MADELEINE, 23.

1897

QUELQUES MOTS

SUR

L'ENREGISTREMENT

ET

L'ASSISTANCE JUDICIAIRE

Quelques Mots

sur

L'ENREGISTREMENT

et

L'Assistance Judiciaire

par

Léon LAVOIX

Avoué a la Cour d'Appel de Douai

DOUAI
IMPRIMERIE LIBRAIRIE
L. & G. CRÉPIN Frères, Editeurs
23, RUE DE LA MADELEINE, 23.

1897

ASSISTANCE JUDICIAIRE

Enregistrement en débet des jugements. —
Appel par le non-assisté. — Y a-t-il
lieu pour lui de payer les droits
du jugement avant l'appel ?

Voici une question d'intérêt général sur laquelle
il me semble utile d'appeler l'attention. J'ai dû, en
effet, tout dernièrement, résister à la prétention,
nouvelle je pense, d'un Receveur de l'Administration
de l'Enregistrement, estimant qu'il pouvait exiger
d'un de mes clients, appelant d'un jugement enregistré en débet au profit d'un adversaire assisté, les
droits auxquels avait donné lieu l'enregistrement de
cette décision.

A ne pas protester l'on risque d'autoriser des perceptions exagérées ; aussi ai-je cru qu'il était bon de donner à ma protestation, en cette matière spéciale et peu connue, une certaine publicité qui pût faire profiter mes confrères des minutieuses et difficiles recherches auxquelles j'ai dû me livrer.

Je serai très heureux si je puis être utile à quelques-uns d'entre eux et leur serai reconnaissant de tous les arguments et documents qu'ils voudraient bien me fournir.

Les faits étaient les suivants :

Le divorce avait été prononcé entre deux époux ; il s'agissait de procéder aux opérations de liquidation et de reprises de la femme. Comme il y avait quelques points litigieux et qu'il fallut revenir devant le tribunal, le mari obtint le bénéfice de l'assistance judiciaire. La femme, mécontente du jugement qui intervint, résolut d'interjeter appel lorsque cette sentence lui fut notifiée. L'acte d'appel fut signifié à la partie adverse et lorsque l'huissier se présenta au bureau d'enregistrement pour retirer l'original, on refusa de le lui remettre avant que la consignation et l'amende fussent payées. Le jugement ayant été enregistré en débet, la provision aurait dû, prétendait M. le Receveur, être faite avant de signifier l'acte d'appel.

Cette prétention dont personne n'avait jamais soup-
çonné la possibilité nous parut aussi injustifiée
qu'injustifiable. Nous la jugeâmes évidemment con-
traire autant au texte qu'à l'esprit de la Loi. Nous
nous ingéniâmes à trouver des réfutations à une affir-
mation en faveur de laquelle nous ne trouvions aucun
texte ni dans les auteurs traitant de l'assistance judiciaire, ni dans le code de l'enregistrement, ni dans
aucun autre des ouvrages que nous avons dans nos
bibliothèques.

Enfin, après plusieurs pourparlers, M. le Receveur
voulut bien nous indiquer qu'il s'appuyait sur une
solution du 19 juin 1866 relatée au Dictionnaire des
rédacteurs V° Assistance judiciaire n° 31 et qu'il
comprenait ainsi : ... « Remarquez toutefois que, pour
» les jugements et arrêts, la formalité en débet ne
» peut être acquise et obtenue que par l'assisté et
» dans son intérêt. Aussi l'adversaire ne serait pas
» autorisé à faire enregistrer en débet le jugement
» et *l'huissier qui signifierait à la requête de l'adver-*
» *saire l'appel de ce jugement sans l'avoir fait enre-*
» *gistrer au comptant serait passible d'amende.* »
C'était aussi clair et aussi indiscutable que possible,
disait M. le Receveur. Qu'il nous permette de n'être
pas de son avis, sa prétention ne nous paraît pas plus
admissible, maintenant que nous connaissons son

argument, que nous ne la jugions possible avant.
Certes à nous aussi le document parait clair et
précis mais dans le sens opposé à celui que
lui donne M. le Receveur. Il nous suffira de le
reprendre en le soulignant d'une autre manière, pour
montrer immédiatement quel est le sens véritable
qu'on doit y attacher : « Remarquez toutefois que
» pour les jugements et arrêts, la formalité en débet
» ne peut être *acquise* et *obtenue* que par l'assisté et
» dans son intérêt. Aussi l'adversaire ne serait pas
» autorisé à *faire* enregistrer en débet le jugement
» et l'huissier, etc... »

Nous soumîmes quelques observations sommaires
à M. le Receveur mais comme il persista dans sa
manière de comprendre ce texte et qu'il obtint même
l'autorisation de délivrer une contrainte contre l'huissier instrumentaire, nous dûmes relever ses préten-
tions les discuter méthodiquement... et victorieusement
espérons-nous.

I. L'ADMINISTRATION VEUT PERCEVOIR UNE AMENDE
PARCE QUE LE JUGEMENT, ÉTANT ENREGISTRÉ EN DÉBET DOIT
ÊTRE CONSIDÉRÉ, POUR L'ADVERSAIRE DE L'ASSISTÉ, COMME
N'ÉTANT PAS ENREGISTRÉ.

A cet égard que décide le texte invoqué? Uniquement et exclusivement au profit de qui et par qui

l'enregistrement en débet peut être demandé et obtenu.

Il précise que l'adversaire de l'assisté *ne peut faire enregistrer en débet* ou que, *s'il a obtenu* cet enregistrement, par surprise ou autrement, il peut être condamné à payer les droits et l'amende, le cas échéant. Inutile de rappeler qu'on ne peut interjeter appel d'un jugement non enregistré ; si l'adversaire de l'assisté veut interjeter appel avant toutes autres diligences, il faut qu'il fasse enregistrer ce jugement en payant les droits. La mesure demandée étant alors requise à son profit, il ne peut profiter des avantages accordés à l'assisté. Mais où le texte invoqué dit-il que, lorsque le jugement a été enregistré en débet à la requête de l'assisté, ce jugement est, pour son adversaire, comme s'il n'avait pas subi cette formalité et que celui-ci ne peut, sans le faire enregistrer *une seconde fois* et sans payer les droits, rappeler dans un autre acte cet acte (pour employer le mot de la loi) dont il ne tire pas profit, qui lui est même préjudiciable et qui, par le fait seul de l'appel, est comme s'il n'existait pas, jusqu'à ce que la Cour ait statué ?

Qu'un acte soit enregistré en débet ou gratis, ou qu'il soit enregistré au comptant, il y a enregistrement, et du moment qu'il y a enregistrement il n'y a pas contravention et par suite, il n'y pas d'amende à percevoir.

Il y a enregistrement, disons-nous. En effet et tout d'abord rappelons qu'aux termes de l'art. 41 de la loi du 22 Frimaire an VII, « les greffiers ne peuvent délivrer en expédition aucun acte soumis à l'enregistrement sur la minute ou l'original avant qu'il ait été enregistré. » Or personne a-t-il jamais songé à soutenir que les greffiers ne pouvaient délivrer d'expédition des jugements enregistrés en débet ? Il est bien certain que non. C'est donc que l'enregistrement en débet est, de par cette loi, considéré comme un enregistrement.

Nous opposera-t-on le jugement de Bagnères en date du 17 février 1868 qui est le seul document de jurisprudence que l'Administration puisse, à première vue, prendre à profit ? Voyons ce jugement. Il applique rigoureusement l'art. 14 de la loi de 1851. « En » dehors du procès dans lequel l'enregistrement en » débet a eu lieu, dit-il, cet enregistrement en débet » cesse d'avoir effet et doit être considéré, même à » l'égard de l'assisté, comme n'ayant jamais existé ; » l'acte doit être soumis de nouveau à la formalité » pour la perception des droits. » Ce jugement, comme on le voit, ne s'applique nullement à notre espèce ; il ne vise que les actes faits *en dehors du procès* et produits à l'occasion de ce procès, actes qui auraient dû être enregistrés dans un délai déterminé. Mais, même dans les conditions où elle a été émise, nous prétendons que cette opinion n'est pas admissible. D'abord elle n'est pas conforme à l'esprit de la loi. L'enregistrement d'un acte produit différents effets civils dont le bénéfice est irrévocablement acquis aux intéressés par l'accomplissement de la formalité. En disposant que l'enregistrement en débet des actes produits par l'assisté n'auraient d'effet que pour le procès, le législateur de 1851 n'a donc pu vouloir dire qu'après le procès, ou en dehors du procès, l'enregistrement en débet serait non avenu. Cette loi qui n'est qu'une loi fiscale n'a pu considérer la formalité de l'enregistrement sous le point de vue civil ; elle n'a pu le considérer qu'au point de vue de la perception de l'impôt et tout ce qu'on pourrait concéder à l'Administration c'est de dire que l'enregistrement en débet, au point de vue de la dispense des droits, n'aura d'effet que pour le procès, mais l'enregistrement n'en subsiste pas moins.

Ce jugement lui-même contient un argument très sérieux, croyons-nous, en faveur de notre thèse ; d'accord tout au moins avec l'esprit de la loi, si ce n'est avec son texte, il est obligé de reconnaître « que » l'enregistrement en débet est un visa qui a pour

» objet de fournir à l'assisté des *moyens de remplir*
» *l'obligation imposée par l'art. 42 de la loi du 22*
» *Frimaire, un VII.* » Cet aveu nous suffit. En
effet, quelle est l'obligation dont parle l'article visé ?
C'est celle de faire enregistrer un acte avant d'en
demander une expédition. Donc l'enregistrement
obtenu par l'assisté judiciaire, — c'est-à-dire l'enregistrement en débet, — satisfaisant aux prescriptions
de cet article, est un véritable enregistrement.

Ce jugement qu'on prétend nous opposer fournit
encore un autre argument à notre défense. Ainsi il
décide que « l'officier ministériel qui, *en dehors du*
procès pour lequel un acte a été enregistré en débet
par suite d'assistance judiciaire, en fait mention dans
un acte de son ministère sans avoir au préalable payé
les droits, encourt l'amende... » En dehors du
procès, dit le jugement, donc si c'est *dans* le procès,
l'officier ministériel n'encourt aucune amende.

M. Dalloz, donnant son opinion dont la rédaction
pourrait tromper à première vue, dit que l'acte enregistré en débet est bien enregistré au point de vue
civil, mais qu'au point de vue de l'impôt son effet
est subordonné au paiement des droits et que, tant
que ce paiement n'est pas effectué, l'acte est censé
n'être pas enregistré pour les officiers ministériels ;
seulement il a bien soin de restreindre cette appré-

ciation au cas — qui n'est pas le nôtre — où l'on
fait usage de cet acte *en dehors* du procès ; c'est ainsi
qu'avait dit le jugement de Bagnères.

C'est aussi l'opinion de la Cour de Bastia (arrêt
du 2 janvier 1878 — D. P. 78. 2. 169).

Il s'agissait, dans l'espèce solutionnée par cet
arrêt, d'une condamnation très importante prononcée
par un tribunal et devant donner lieu à la perception d'un droit de près de 14.000 francs. Ce droit
n'avait pas été perçu lors de l'enregistrement du
jugement et ce n'est qu'après deux arrêts que l'administration en poursuivit le recouvrement. S'appuyant
sur les 4e et 5e alinéas de l'art. 14 de la loi de
1851 elle prétendait qu'il n'y avait pas enregistrement et réclamait le double droit. La Cour répondit
qu'on ne saurait admettre que le jugement obtenu par
l'assisté rentrât dans la classe des actes et des titres
énumérés en l'art. 14 nos 4 et 5 de la loi de 1851,
c'est-à-dire les actes et les titres produits par l'assisté
pour justifier de ses droits et qualités ; ce serait donner
à cette loi une extension qu'elle ne comporte nullement
que d'accueillir une pareille prétention ; car, ajoute la
« Cour, il semble manifeste que, par ces mots *actes et*
» *titres, le législateur a entendu parler des documents*
» *antérieurs* à l'instance et sur lesquels reposent les
» droits de l'assisté ou desquels découle la qualité

» dont il excipe et non DES JUGEMENTS QUI SANCTIONNENT
» ultérieurement ces droits et qualités. »

Ainsi, d'après cette Cour, l'enregistrement en débet
du *jugement* obtenu par l'assisté équivaut à l'enregistrement au comptant ; dès lors il peut être relaté
dans un acte postérieur sans que les droits aient été
payés et, par suite, il ne peut être relevé d'amende
contre l'officier public ou ministériel qui fait cette
relation.

Nous serions même fort disposé à aller plus loin et
nous dirions : L'art. 42 de la loi de Frimaire, par
lequel il est interdit aux officiers publics et ministériels
de faire usage d'un *acte sous seings privés* s'il n'a été
préalablement enregistré, est une disposition pénale
qui, comme telle, doit être appliquée littéralement ;
il n'y a donc pas lieu de distinguer entre l'enregistrement en débet et l'enregistrement au comptant ; il
suffit que la formalité ait été remplie d'une manière ou
d'une autre pour mettre à couvert la responsabilité
de l'officier public ou ministériel qui fait ultérieurement usage de l'acte sous seings privés. Si, dit le
journal des notaires (1868 art. 19. 149), aux termes
de l'art. 14 de la loi de 1851, l'enregistrement en
débet n'a d'effet, quant aux actes et titres produits
par l'assisté que pour le procès dans lequel la pro-
duction a eu lieu, le sens de cette disposition n'est

pas qu'en dehors du procès la formalité doive être considérée comme n'ayant jamais eu lieu et que l'acte soit susceptible d'être enregistré une deuxième fois pour la perception des droits.

A plus forte raison en est-il ainsi lorsque l'acte est employé dans le procès en vue duquel il a été enregistré en débet.

Mais voyons si le vénéré Dictionnaire des rédacteurs (toujours un peu obscur, nous le reconnaissons, dans sa concision forcée) ne nous fournit plus rien que nous puissions prendre à profit. Nous avons vu que le texte invoqué nous est déjà favorable quand on veut le comprendre comme il doit l'être ; nous voyons encore V° *Acte en conséquence* n° 149 une appréciation par laquelle nous terminerons la discussion de ce chef : « Les actes, y est-il dit, *qui peuvent être* » *enregistrés gratis*, pour mémoire ou en débet, tom- » bent sous l'application des art. 23, 41 et 42 de la » loi du 22 Frimaire an VII. » Arrêtons-nous un instant et expliquons ces chiffres. Ce passage dit qu'il ne pourra être fait usage soit par acte public, soit etc... d'un acte qui peut être enregistré gratis etc. qu'il n'ait été préalablement enregistré (art. 23) ; qu'on ne pourra en délivrer copie, expédition etc. ni faire un autre acte en conséquence avant qu'il ait subi cette formalité de l'enregistrement (art. 41 et 42).

» Car, ajoute le Rédacteur, l'art. 41 défend d'agir
» en vertu d'actes soumis à l'enregistrement (c'est-
» à-dire susceptibles d'enregistrement) et non
» enregistrés ; il n'a nullement égard à la circonstance
» que la formalité donne lieu ou non à la perception
» d'un droit. Dès lors on ne peut faire usage de ces
» actes qu'après qu'ils ont reçu la formalité. » —
Que veut encore dire ceci, sinon que l'art. 41 ne fait
aucune différence entre un acte enregistré en débet
etc. et un acte enregistré au comptant? La seule con-
dition exigée pour qu'on puisse en faire usage, c'est
qu'il *ait été soumis à la formalité de l'enregistrement*
suivant le mode qui lui est spécial. Or il ne peut être
dénié que le jugement dont nous interjetons appel a
été enregistré, puisqu'il est signifié.

Nous pourrions même encore tirer argument du n°
150 *eodem loco* où il est dit : « Il est de règle qu'on
« peut, par acte public et en justice, faire usage ou
« agir en conséquence, *sans le faire enregistrer,* de
« tout acte qu'une disposition exceptionnelle de la loi
« dispense de cette formalité » comme certains
actes administratifs (art. 78 et 80 de la loi du 28
avril 1816). Cette règle est claire et d'une application
facile. Nous ajouterons seulement que si on peut
faire usage d'un acte dispensé exceptionnellement

de la formalité de l'enregistrement, à plus forte raison peut-on faire usage ou agir en conséquence d'un acte enregistré mais auquel il est seulement fait remise provisoire des droits.

Nous pensons avoir démontré que la seule différence qui existe entre l'enregistrement en débet et l'enregistrement au comptant est dans l'exigibilité des droits ; nous examinerons tout à l'heure quand ces droits sont exigibles.

La conséquence de ce qui précède est que la solution invoquée du 19 Juin 1866 ne dit pas ce qu'on prétend y trouver ; l'administration n'a évidemment pas prétendu, par une simple décision, déroger à des lois. Cette décision fut-elle obscure et ambiguë, ne devrait pas encore être interprêtée dans le sens que lui donne M. le Receveur. L'administration ne peut vouloir tendre un piège aux plaideurs et aux officiers ministériels. Tout le monde doit connaître la loi, mais on n'est pas tenu de connaître une décision ne se trouvant que dans un recueil spécial inconnu de la très grande majorité même des hommes de loi. En tout cas, si l'administration pensait comme son représentant et voulait donner suite à la mesure de contrainte que celui-ci lui a surprise, nous n'en doutons pas, nous sommes bien persuadés que les tribunaux ne sauraient la suivre dans cette voie qu'on pourrait trouver arbitraire et illégale.

II. — M. LE RECEVEUR PRÉTEND QUE C'EST AVANT L'ACTE D'APPEL QUE DOIT ÊTRE PERÇU LE DROIT SUR LE JUGEMENT.

Telle n'a jamais été, affirmerons-nous, la pensée de l'administration car, dans une solution du 27 ou 29 février 1868, postérieure par conséquent à celle qu'on invoque, elle dit que « tous les actes de l'instance, faits ou signifiés à la requête de l'assisté.... et les JUGEMENTS *dans lesquels il est* PARTIE doivent être visés pour timbre et enregistrés en débet (art. 14), *jusques et y compris* L'ARRÊT DÉFINITIF QUI MET FIN A L'INSTANCE. » L'administration décide bien ainsi qu'il faut attendre jusqu'à la fin du procès pour savoir si les droits sur les actes et les jugements doivent être réclamés (au cas où l'adversaire de l'assisté est condamné) ou définitivement abandonnés (si c'est l'assisté qui perd son procès).

Cette décision était conforme à la sentence rendue quelques jours auparavant par le tribunal de Bagnères, sentence que nous avons indiquée plus haut et qui visait un cas bien moins favorable que celui qui nous occupe. En effet il s'agit en notre espèce, nous l'avons dit, d'un jugement qu'on rappelle dans un acte de procédure relatif à la même cause (acte d'appel). Dans l'espèce où le tribunal de Bagnères a été 'appelé à donner son avis, il s'agissait d'une cession faite *avant le procès* et pourtant, appliquant d'ailleurs le texte formel de l'art. 14 de la loi de 1851, le tribunal décide que les tiers, tenus comme l'assisté au paiement des droits, ne peuvent être poursuivis *qu'à partir du jugement* DÉFINITIF.

L'esprit de la loi est, au surplus, aussi large que possible. Il est formellement indiqué dans le rapport de M. Vatimesnil, § 14. Ce rapporteur parle des droits des actes soumis à l'enregistrement dans un délai déterminé. — Nous avons vu avec l'arrêt de Bastia et nous allons voir avec le texte même du rapport que, par ces expressions, il faut entendre les actes *en dehors de la procédure.* — Le rapporteur dit donc que les droits de ces actes sont acquis au Trésor *indépendamment du procès* aussi ajoute-t-il que « l'Etat ne doit pas y renoncer ; il doit seulement en ajourner la perception *jusqu'à la fin du litige.* » Ainsi, pour les actes en dehors du procès, on attendrait pour percevoir les droits jusqu'à la fin du litige, c'est-à-dire jusqu'à l'arrêt définitif et on n'aurait pas la même faveur pour les actes relatifs au procès ! Cela n'est-il pas inadmissible ?

Si nous consultons le supplément de Sirey, nous y trouvons V° Assistance judiciaire n° 222 une opi-

nion absolument explicite : « L'appel étant suspensif,
» y est-il dit, l'administration est tenue d'interrompre
» les poursuites pour le recouvrement des droits,
» frais, etc., lorsque le jugement est frappé d'appel. »
Les Pandectes françaises V° Assistance judiciaire
n° 305 s'expriment à peu près dans les mêmes
termes. Ces deux appréciations sont d'ailleurs
conformes à l'Instruction de l'Enregistrement du
31 mars 1851. (Inst. gén. rég. n° 1879. Brière Valigny p. 217).

Tout cela paraît excessivement rationnel puisque
l'effet de l'appel est de suspendre toute exécution de
la décision des premiers juges.

N'est-il pas unanimement reconnu, en outre, que
l'assisté conserve le bénéfice de l'assistance en appel
lorsqu'il est intimé ? C'est donc qu'on considère que
l'instance n'est terminée que par l'arrêt définitif et
que les droits ne peuvent être perçus qu'alors ! Si on
exige une nouvelle demande de l'assisté qui veut
interjeter appel, c'est uniquement parce qu'on ne
veut pas qu'il engage inconsidérément l'Etat dans des
frais peut-être impossibles à recouvrer et qu'on désire
une nouvelle consultation de personnes à ce compé-
tentes.

Ajouterons-nous un argument tiré de l'usage cons-
tant pratiqué par l'administration ? A notre connais-

sance, on n'a jamais réclamé qu'après le jugement ou l'arrêt *définitif* les droits qui pouvaient être dûs pour les actes produits ou les actes de procédure et cet usage paraît être suivi partout puisque, d'après l'arrêt de Bastia précité, ce n'est qu'après deux arrêts, arrêt de défaut et arrêt définitif que l'Administration a réclamé le droit de 14.000 fr. dû sur le jugement ; ce n'est qu'après l'arrêt définitif qu'elle a réclamé ce droit dans les espèces soumises au Tribunal de la Seine le 20 juin 1868 (S. 69. 2. 26) et au tribunal de Villefranche le 26 du même mois (S. 69. 2. 90). Cela parait en outre conforme à la décision du Ministre des finances du 29 avril 1853, à l'Instruction gén. 1971, à la doctrine (Garnier Rép. V° Assist. jud. n° 1653. 4. — Dorigny. De l'assistance judic. p. 75), etc.

Enfin l'administration elle-même, dans une solution du 2 Décembre 1886, fait une déclaration absolument nette et formelle qui nous paraîtrait, à elle seule, devoir trancher la question en faveur de notre thèse ? En effet, elle dit textuellement :

« . . . . Quand un *jugement* rendu contre l'assisté
» est soumis à l'enregistrement dans l'intérêt et à la
» *requête de son adversaire*, il y a lieu d'appliquer les
» règles de droit commun, c'est-à-dire d'exiger le
» paiement des droits au comptant. Mais, *pour que*

» *la perception immédiate soit régulière,* il est DE
» TOUTE NÉCESSITÉ *que l'administration ait la preuve*
» *que la réquisition de l'enregistrement émane d'un*
» *plaideur autre que celui auquel* l'assistance a été
» accordée. En cette matière, la question de fait a
» donc une importance décisive. L'assisté ayant
» toujours le droit de requérir l'enregistrement en
» débet du jugement, même quand il a été rendu
» contre lui, *on doit s'abstenir de réclamer le paiement*
» *de l'impôt à son adversaire toutes les fois qu'il*
» *n'est pas démontré que l'enregistrement a eu lieu*
» *dans l'intérêt et à la requête de ce dernier* (Naquet
» t. 3, n° 1158). »

Nous appliquons cette solution générale à notre espèce où il est bien démontré que l'enregistrement a eu
lieu non à la requête de l'adversaire de l'assisté, mais
à la requête dudit assisté qui voulait lever l'arrêt, et
le signifier pour faire courir le délai d'appel, ou l'exé-
cuter.

Nous pensons donc que la question ne saurait faire
doute et que les droits ne peuvent être réclamés au
non assisté qui veut interjeter appel du jugement, du
moins tant que le jugement n'a pas acquis l'autorité
de force jugée et alors l'enregistrement a, pour recouvrer ces droits, les moyens qui lui sont accordés par
les art. 17 et 18 de la loi de 1851.

M. le Receveur veut bien reconnaître que la question est intéressante ; toutefois il conseille de payer les droits et amende qu'il réclame ; *Dura Lex*, dit-il, *sed lex*. Où voit-il une loi à l'appui de sa prétention ? serait-ce la loi du plus fort ? car je ne vois aucune loi... légale, si je puis m'exprimer ainsi, sur laquelle il puisse s'appuyer ; ce qu'il invoque, c'est une simple décision ; ce serait, en tout cas, une loi qu'une seule des parties aurait faite pour son avantage, sans contradiction, peut-être pourrait-on dire sans contrôle.

L'administration, d'ailleurs, n'a certainement pas été mise à même de connaître nos explications sommaires lorsqu'elle a permis d'employer des moyens de coercition ; on ne lui aura pas fait remarquer que ses agissements, ainsi que nous l'indiquions en quelques mots, ne tendraient à rien moins qu'à annuler par une simple décision d'administration, la loi de 1851 sur l'Assistance judiciaire. En effet, avec ce système, il ne resterait plus un seul acte dont l'enregistrement en débet ne puisse, à un moment quelconque de l'instance, donner lieu à une amende et être, de par la volonté de l'administration, transformé en enregistrement au comptant. Tout le monde sait que la constitution, les conclusions des parties relatent généralement l'assignation ; les qualités du jugement et de l'arrêt relatent forcément tous les actes de la procédure ; si la prétention de M. le Receveur était admise, le non-assisté défendeur devrait, avant de se constituer, avant de faire signifier ses conclusions ou les qualités, faire enregistrer à nouveau et en payant les droits, tous les actes, citations, assignation, etc., faits à la requête de l'assisté, enregistrés, par suite, en débet et dont il fait mention dans ses actes. De même en appel. De telle sorte que le Trésor, qui est tenu de faire à l'assisté l'avance des droits qui lui sont dus, arriverait par une voie détournée à s'en faire toujours payer, sans préjudice des amendes qu'il pourrait percevoir en sus.

Et puisque le mot d'amende se trouve sous notre plume, il nous suggère encore un argument fourni par l'administration elle-même. Elle a décidé que, lorsque l'assisté est appelant, il ne doit être consigné aucune amende de fol appel, même en débet, et elle n'a jamais imaginé de la réclamer à l'intimé non assisté, même lorsque celui-ci perd son procès ; elle a donc entendu ne pas faire payer au non assisté les droits dont l'assisté est sublevé momentanément ou définitivement ; pourquoi ferait-elle des différences dans les droits, surtout ceux résultant du procès ?

Voyons maintenant le résultat auquel on aboutirait au cas où l'assisté perdrait son procès soit en première instance, soit en appel. — Supposons qu'il l'a perdu en première instance ; le non assisté veut rendre le jugement définitif en levant la grosse et en la signifiant. D'après le système que nous combattons, il devra d'abord payer les droits afférents à ce jugement et alors seulement il pourra le relater dans son acte de signification. — Supposons maintenant que l'assisté ayant triomphé en première insistance est débouté de sa demande par un arrêt infirmatif ; le non assisté qui aura interjeté appel, qui aura fait annuler un *jugement* dont il ne doit plus rester trace, aura néanmoins et forcément, toujours d'après le système adverse, *payé* les droits d'enregistrement du jugement pour pouvoir les relater dans son acte d'appel. La situation est la même dans les deux cas. Alors deux hypothèses seulement peuvent se présenter :

1° L'assisté ne possède absolument rien ; il est complètement insolvable dans le présent et n'attend rien pour l'avenir ; ou il s'empresse de quitter le pays où rien ne le retient. Alors le non assisté, qui a gagné son procès, qui a obtenu une condamnation aux dépens contre l'assisté, non-seulement aura, contraint par l'art. 1999 du Code Civil, à payer les frais faits à sa propre requête, mais il aura encore, en vertu d'un jugement non exécutoire par provision au même sans aucune condamnation de justice (puisque le jugement réformé en appel est réputé n'avoir jamais existé), payé les frais ou partie des frais faits par son adversaire assisté ! Comme il n'y a pas de condamnation contre lui, il devra recouvrer ces frais ; est-ce l'administration qui les lui rendra ?

2° Ou bien l'assisté a un gagne-pain assuré qu'il ne veut pas quitter, ou il a un petit patrimoine insuffisant pour le priver du bénéfice de l'assistance judiciaire, ou il en attend un de ses parents ou, plus certainement il a un petit mobilier ; alors le système soutenu par M. le Receveur non-seulement aura pour résultat de supprimer la loi de 1851, mais il aboutira pour l'assisté au retrait du bénéfice de l'assistance en dehors des cas prévus par la loi et sans les formalités exigées par cette loi ; il aboutira à une injustice criante et à une iniquité car il amènera ce résultat inévitable, de rendre la situation de l'assisté qui a perdu son procès bien plus misérable que s'il n'avait pas obtenu le *bénéfice* de l'assistance judiciaire !

En effet, lorsque l'assisté est un pauvre hère qui n'a que son travail pour vivre et qu'il a affaire, ainsi que cela se produit dans la plupart des cas, à un patron ou à une Compagnie d'assurances, cet adversaire se résigne bien à perdre les frais qui ont été faits à sa requête, mais s'il est obligé de payer les droits dûs par l'assisté, il ne manquera pas, confor-

mément à la loi et à la jurisprudence (V. Grenoble
20 mars 1868. D. P. 68. 5. 25. Chambéry 2 février
1882, Journal de l'Enregistrement V. 1889 art. 23
243. Rapport de M. de Vatimesnil) de réclamer à
celui-ci par tous les moyens (saisies-arrêts, saisies
mobilières, hypothèques, etc.) et les frais qu'il aura
payés et surtout les droits des actes faits à la requête
de l'assisté, droits qu'il aura payés eux aussi et abandonnés soi-disant à l'assisté (Brière Valigny p. 216.
Inst. du 31 mars 1851. — V. Doublet. Etude sur la
loi de 1851. Revue pratique du droit Français t. 14,
p. 31). Et alors que devient la loi de 1851? Que
deviennent les sentiments d'humanité qui ont présidé
à la confection de cette loi? Que devient l'engagement
pris par l'Etat de supporter les frais auxquels l'assisté
aura été condamné? L'assistance judiciaire est une
dette publique que la société doit acquitter elle-même,
il serait indigne d'elle de se faire payer par un tiers
ce qu'elle a déclaré abandonner généreusement. Je ne
veux comme preuve de cet abandon que citer les belles
paroles de M. le Rapporteur de la loi :

« L'équité permet-elle que plus tard et après
» qu'il (l'assisté) a succombé dans la contestation, le
» Trésor vienne réclamer contre lui les droits de
» timbre, d'enregistrement et autres de même nature

» auxquels le litige a donné lieu ! Ce malheureux
» plaideur ne peut-il pas répondre qu'il n'aurait pas
» porté son affaire devant la justice, s'il n'y avait
» pas été encouragé...? Il nous semble que la
» protection de la loi ne doit pas ainsi tourner contre
» l'assisté, et qu'il n'est pas raisonnable que le Trésor
» recueille à son détriment une sorte de bénéfice en le
» forçant (directement ou indirectement ajouterons-
» nous) à payer un impôt pour des actes judiciaires
» qui très probablement n'auraient pas été faits si
» l'assistance ne lui eut pas été accordée. »

Et encore « l'assisté est un homme pauvre envers
» lequel l'État et les officiers ministériels exercent
» gratuitement une œuvre d'humanité et de bienfai-
» sance. Le Trésor *fait généreusement le sacrifice* de
» ce qui n'est qu'un manque à gagner. L'assisté est
» un contribuable d'une nature particulière que
» l'État n'eut pas eu sans cette libéralité. »

Où serait le don, où serait le sacrifice, si l'État se
faisait rembourser les droits par l'adversaire de
l'assisté?

En résumé: La mesure que voudrait appliquer M.
le Receveur aurait pour résultat de faire en réalité
supporter par le non assisté toutes les charges de
l'assistance et de faire payer par lui la générosité du

Trésor qui, indirectement, échapperait aux charges lui incombant personnellement de par la loi de 1851.

La conclusion logique de cette étude est donc qu'il n'y a lieu ni à une perception d'amende, puisque le jugement est, en fait, enregistré, ni, du moins au moment d'interjeter appel à la perception du droit sur le jugement, puisque cette perception des droits de tous les actes faits à la requête ou dans l'intérêt de l'assisté judiciaire est, de par la loi, la doctrine et la jurisprudence, au moins suspendue jusqu'à l'arrêt définitif qui met fin à l'instance.

DOUAI, IMP. L. ET G. CRÉPIN FRÈRES.